JN111044

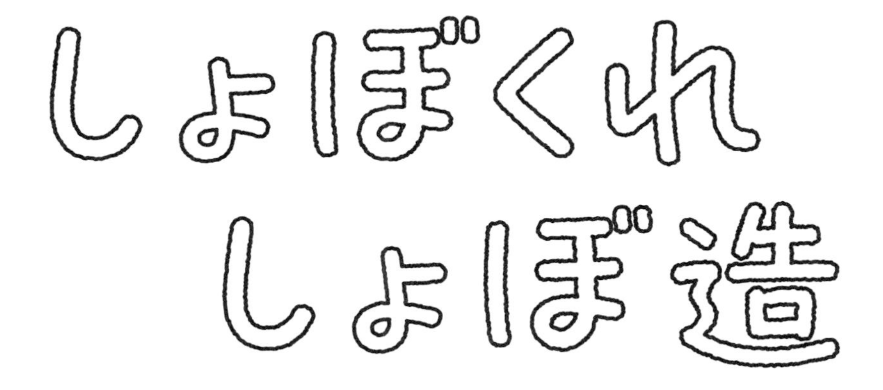

作・イラスト アソウ カズマサ

幻冬舎 MC

しょぼくれしょぼ造

もくじ

始まりの朝

それは春のよく晴れた、爽やかな朝でした。

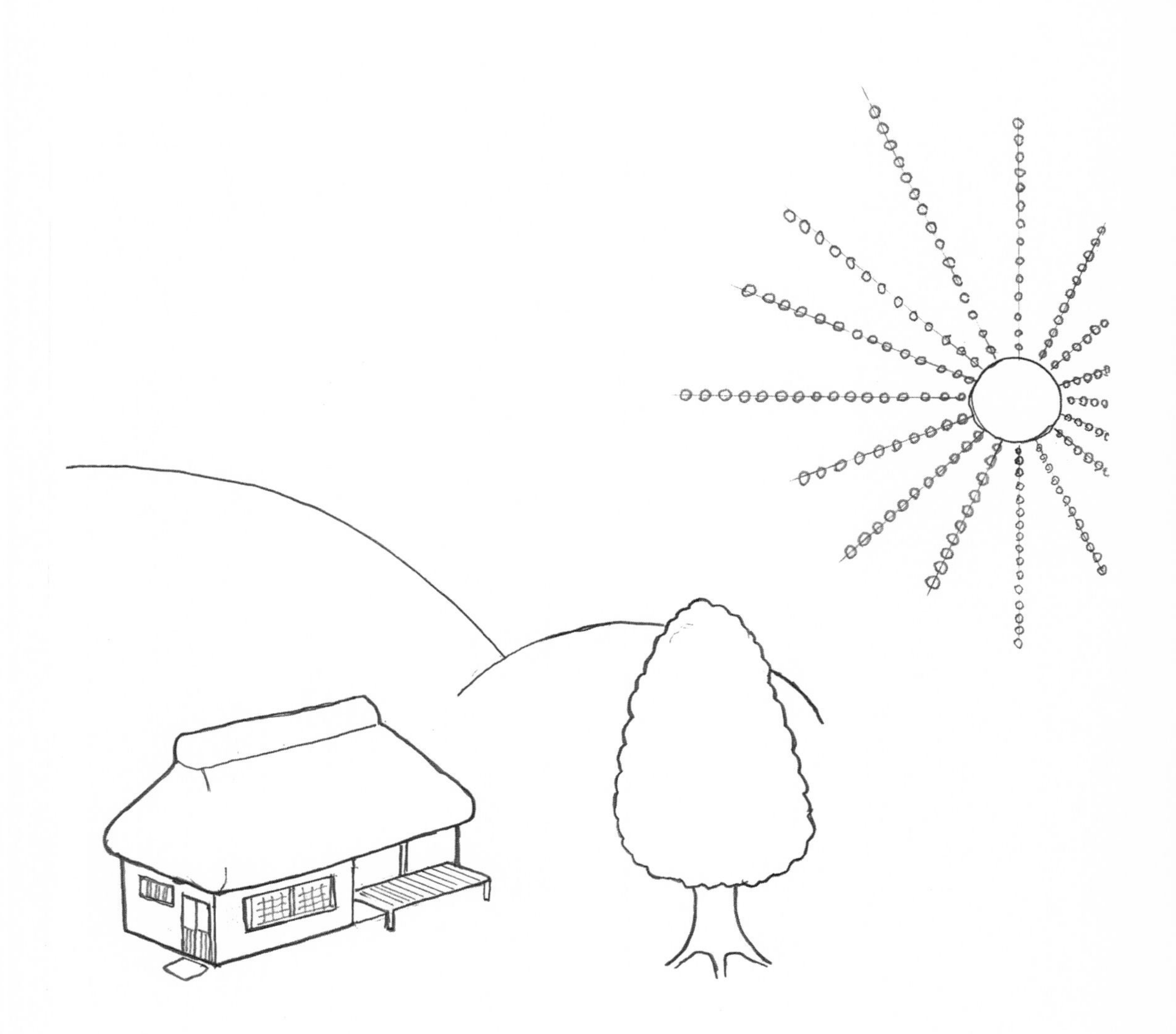

「おぉ〜今日は畑日和じゃのぉ」と父さんは外へ出て大きく背伸びをしました。

眩(まぶ)しい陽の光に目を細めています。

すると、「ん？　春造、そこで何しとるんじゃ？」と父さんは庭の隅っこにしゃがみ込んでいる春造を見つけ声をかけます。

「小さいアリが大きなバッタを運びょーる」と地面を見つめたまま春造は答えます。

父さんがそれを覗(のぞ)き込むと、「なんでこんなにがんばっとるんじゃろ？」と春造がぼそっとつぶやきます。

父さんは「はぁ〜」とため息をついて、
「春造よ、父さんはお前が小さな虫や草花が大好きなのを知っとる。じゃが道行く人にはしょんぼりしているように見えるんじゃろ、お前のことを“しょぼくれしょぼ造”と言うとったぞ」と春造に言いました。
「うん知っとる。隣のおじちゃんにも、もっとしっかりしんさいて言われた」とアリを見ながら答え、なんにも気にする様子はありません。
父さんは「はぁ〜」ともう一度大きくため息をつきました。

そうなのです。春造は初めて見る虫や草花が気になって気になってしょうがないのです。アリやハチの巣をずっと見ていたり、チョウやガのさなぎを見つけ毎日見に行ったり、川辺に生える草の新芽やカエルの卵を見つけたりすると、毎朝それを見に行き、どんな花が咲くか、どんなカエルになるのか知りたいのです。

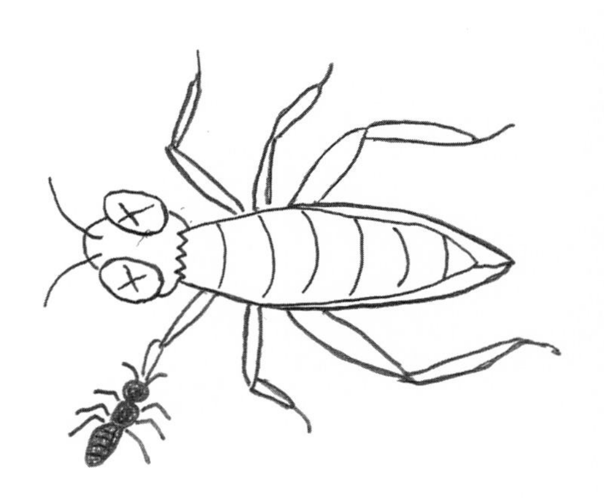

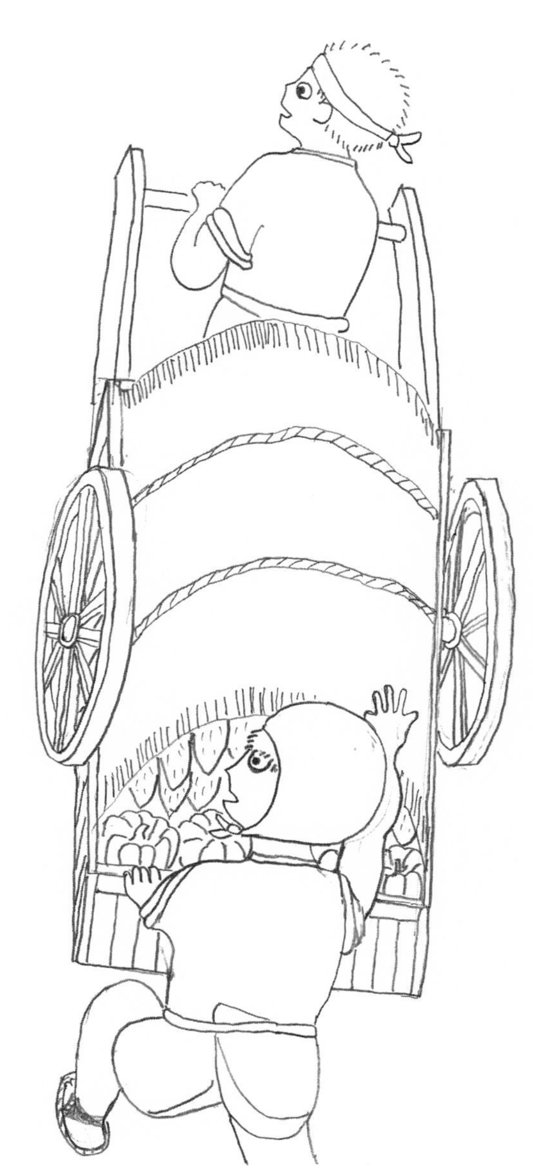

　そこにずっとずっとしゃがみ込んで見ていますので、周りの人は何かあってしょんぼりとしょぼくれているように見えたのです。

　近所の人たちはそんな春造のことをよく知っていますが、ときどき通りかかる野菜の仲買人(なかがい)[1]のおじさんたちは、いつしか春造のことを“しょぼくれしょぼ造”とあだ名をつけてしまったのです。

⑴ 農家の作った野菜を買い取って町へ持っていく人。

それでも春造はそんなことは気にも留めません。純粋で正直者なので、小さな頃から近所のみんなは良くしてくれ、可愛がられていました。

父さんも「もっと厳しくしないといけない」と心の中で思いつつも、それが悪いこととは思いませんし、春造が可愛くてしかたないので強くは言いません。

あきらめたように父さんは、「これから畑に行くけぇ春造も草取りを頼むで」と言うと、

春造はアリを見ながら、「うん、わかった」とだけ答え、それを見て父さんは鍬を持ち、とぼとぼと歩き出しました。

その様子を雲の上から見ていたご先祖様は、「はぁ～どうしたもんじゃ、このままじゃこの先が心配でならん。なんとかできんか神様に頼んでみよう」と、神様に春造のことをお願いしてみることにしました。

ご先祖様は神様に、「あの子に勇気と自信を持たせてくれまいか」とお願いしました。

すると神様は、「それはちとたいへんな願いじゃな。勇気というものは自信がなければ生まれない。自信というものは何もせずに生まれるものではない。自信を持つにはそれに見合う努力や経験をしなければならない。その努力をするための力添えくらいはしてやってもよいが、それなりの試練は覚悟しなくてはならんぞ。

それでもよいのか？」と神様はご先祖様に問います。
ご先祖様は少し考えます……。
しかし、今の春造のままではいけないと思い、「致し方ありません。どうか春造に試練を与えてやってください」とお願いしました。

神様は「あいわかった」と、そう言うと手に持っていた杖（つえ）を振り下ろし、イナズマを起こして、地上に向けて落としました。

春造の家は、父さん、母さん、春造と妹のオトの四人家族で、ささやかながらも幸せに暮らしていました。
地上では、父さん、母さんが畑を一生懸命耕しています。春造は畑の端で草を取っています。
さっきまで良い天気だった空が急に暗くなってきたと思って、春造は空を見上げました。

すると次の瞬間、眩（まばゆ）い光とともに「ドドドドーンバリバリバリ」という大きな音が響き、イナズマが落ちました。

地響きで地面がガタガタと揺れるほどのカミナリでした。

神様が落としたそのイナズマは無情にも春造の両親を貫き、春造の両親は死んでしまったのです。

「とぉさーん、かぁーさーん」と春造はかけ寄って泣きじゃくります。

近所のおじさんが、カミナリが落ちたので春造の畑に様子を見に来て、そんな春造を見つけました。そして、「おぉーなんとゆうことじゃ、かわいそうに」と春造を抱き寄せました。

近所の人たちが集まって、父さん母さんを家まで運んでくれました。

優しかった父さんと母さんを目の前で亡くした春造は、悲しみで生きる気力すら失ってしまったようでした。

葬式のときもまるで魂が抜けたように、泣くでもなく、ただただ「ぼーっ」としていました。

庭の隅に墓を造り、やっと葬式が終わりました。

親戚たちが部屋に集まって何か話しています。

「春造はもう14でそろそろ一人前に働ける歳じゃが、あれじゃ駄目じゃのぉ」

「しかし、誰か引き取るゆうても、妹もおるしのぉ」

「妹のオトは幼いがめんこいけー、すぐに養子先もみつかろー」

「春造はあれじゃあ奉公先も見つからんぞ」

そのとき、親戚の一人が、

「それじぁ、あの畑と一緒にわしが面倒みちゃるわぁ」と声を上げました。

そう聞くと、「何言ようるん、畑が一緒ならわしがみるわぁ」、「いやいや、わしがわしが」と親戚一同は畑欲しさに自分勝手なことを言い出しました。

たまたま隣の部屋でその話を聞いていた春造は、我慢できず飛び出しました。

「僕とオトはどこにも行かん。二人であの畑を守っていくけぇ」

突然出てきた春造に親戚一同はびっくりしました。

しかし、話を聞かれていたのだと気づくと気まずそうに、

「そうは言うても、お前一人じぁあの畑は無理じゃろぉ」

「オトもまだ幼いしのぉ」

「それでも僕とオトはどこにも行かん」と春造は大声で言い張りました。

「やれやれ無理だと思うがのー」と親戚たちはあきれた顔。

「まーそのうちなんとかしてくれ言うてくるじゃろー」

「しょぼくれしょぼ造が一人では何もできまい」と、わざと聞こえるくらいにヒソヒソ言いながら部屋を出て行きました。

隣の部屋に一緒にいたオトは春造に駆け寄り、

「兄ちゃん大丈夫よ、ウチもがんばるから。ウチは養子になんか行かんし、この家もあの畑も好きじゃけー」

それを聞いて春造は、我慢していた気持ちが一気に溢（あふ）れだし、「うわーんうわーん」と大声で泣き出しました。

悲しさと、悔しさと、自分の情けなさに涙がどんどん溢（あふ）れてきました。

　涙は止まらずどんどん流れでてきます。
　その泣き声は少し離れた隣の家まで聞こえるほどで、
「しょぼくれしょぼ造が泣いとる」と、隣のおじさんが心配そうに言います。
「かわいそうに、あれじゃあこの先たいへんじゃ。なんとかがんばってほしいもんじゃがのぉ……」

決意の朝

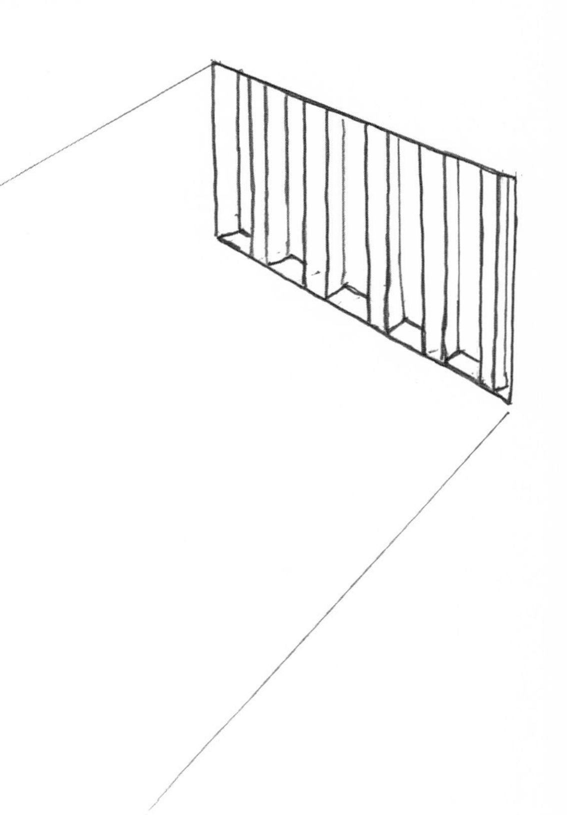

春造は何ときも何ときも泣き続けました。

どれだけ泣いたでしょう……。

泣き続けた夜もやがて白々と薄明るくなってきた頃、ふと泣き声が止まりました。

春造はうつ向いたまま土間を見つめています。格子窓からうっすらと朝の光が差し込み、暗い土間に座る春造を浮かび上がらせました。

それから少しして、春造はゆっくりと力をふり絞るようによろよろと立ち上がり、格子窓からの空を見上げました。

澄みきった空にはまだうっすらと星が輝いています。

春造はそばで寝ているオトに布団をかけてやり、そしてまた、よろよろと外に出て庭の隅に造った父さん母さんの墓に手を合わせたあと、納屋まで行き鍬(くわ)を握りました。

一晩中泣きとおしたので目は真っ赤です。それでも春造は日の出とともに畑に出て行ったのです。

春造の家は裕福ではありませんが、この畑はその昔、ご先祖様が戦で勇敢に戦い、殿様を敵から守ったときのご褒美に特別に頂いた大切な畑です。土も良く日当たりも良い、ご先祖様から受け継いだ宝物でした。

もうすぐ種まきの時期なので急いで耕さなくてはなりません。

これからは一人なので、がんばらなくてはなりません。

今までは両親に甘え、一生懸命に何かにがんばったことなどありませんでしたが、「オトを養子になんて行かせない」、「父さん母さんの畑を誰にも渡さない」その一心で働くことを決めたのです。

夜が明け日も少し高くなってきた頃。
「兄ちゃ～ん」と妹のオトが呼ぶ声がしました。
「朝ごはん持ってきたよ～」と畑の脇で呼んでいます。
春造は鍬(くわ)を置きオトの所へ行きます。

そこにはふかした芋が二つ手ぬぐいに包まれていました。

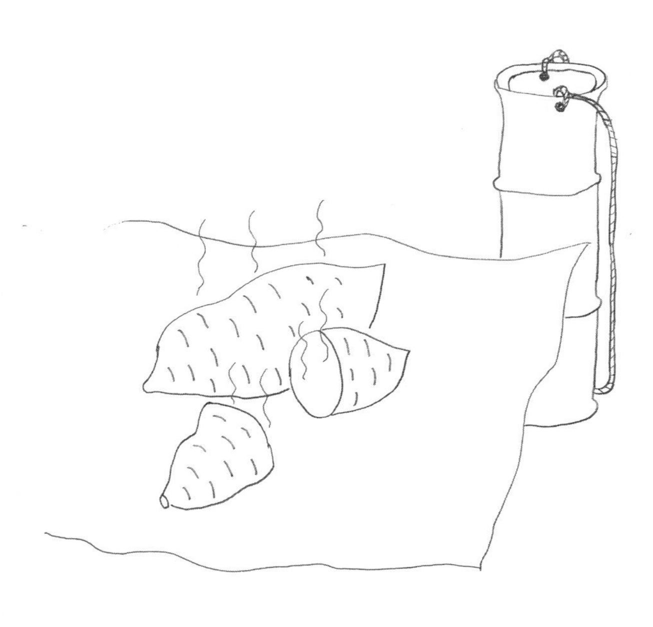

春造はオトに、「これお前が作ったんか？」と聞くと、オトは「ウチが作ったんよ～」と得意げです。
家では甘えんぼうで何もしたことがないと思っていたので、ただ芋をふかしただけでも驚きました。
「兄ちゃんには大きい方をあげる」と渡された芋を一口ほおばると、あったかくてほっくりした芋で「うまい～びっくりするくらいうまいのぉ」と思わず声を上げました。
それを聞いたオトは「ウチも母さんみたいに料理上手になるね～」と自慢(じまん)げに笑います。

腹が減っていたせいもありますが、オトが初めて自分のために作ってくれたものなので一層(いっそう)美味しく感じ、涙が出そうになりましたが、ここは「ぐっ」とこらえました。

昨日の晩に「今日からは何があっても泣かない、泣き言を言わない」と決めたからです。

芋を食べ終わると春造は畑を耕し、オトは草取りをします。

毎朝、日の出とともに畑に出て、一生懸命働きました。

そんな日を数日過ごした頃、以前は春造のことを「しょぼくれしょぼ造」と言っていた人たちも、その真面目で一生懸命な二人を見て見直しました。

近所のおじさんが「お～い春造～」と呼んでいます。
「来月には雨の季節になる。それまでに芋や豆は種まきをすますんじゃぞ。芋は広めの間隔で、豆はこのくらいで」と色々なことを教えてくれます。

「わからんことがあったら何でも聞きんさい。わしも色々と世話になっとったからのぉ、遠慮せんと言うてきんさいよ」と言ってくれます。
「おじさんありがとう」と、春造はありがたく思い、心を込めておじぎをしました。
数ヵ月が過ぎ、近所の人たちの助けもあって、なんとか二人で畑をきりもりして食べていけるようになりました。

そんな頃、近くのお寺が身分に関係なく読み書きを教えてくれると評判になりました。お金も僅かで、お金が払えない者は米や野菜でもよいという寺子屋です。

春造はオトには少しでも良い所に嫁に行ってもらいたいと思っていますので、オトに寺子屋に通うように勧めました。
すると、「オトも読み書きが習いたいと思ってたんよー。でも兄ちゃんも一緒に通ってよ」と言います。
春造は「わしは畑をせんといかんから無理じゃ」
「じゃあ代わりばんこに畑と寺子屋に行こうや」とオトに半ば強引に決められてしまいました。

出会いの朝

そして、ひと月に数回ですが、寺子屋に通いはじめました。春造は色々なことを学べることが楽しくて楽しくてしかたありませんでした。もっともっと寺子屋に行きたいと思っていた丁度(ちょうど)その頃。

いつものように寺子屋までの道を歩いていると、道端の小地蔵の横にしょんぼりと座り込んでいる小僧(こぞう)がいました。

オトと同じぐらいの歳の小僧です。

春造が「そんな所で何しとるんじゃ？」と声をかけると、小僧は驚き、地蔵の陰に隠れました。そ〜っと顔を半分出して恐る恐る春造を見つめます。

まだ幼さの残る春造を見て少し安心し、「腹が減って動けなくなりました」と言いました。

春造はそれを聞いて腰に巻いた風呂敷の中から自分の昼飯を取り出すと、

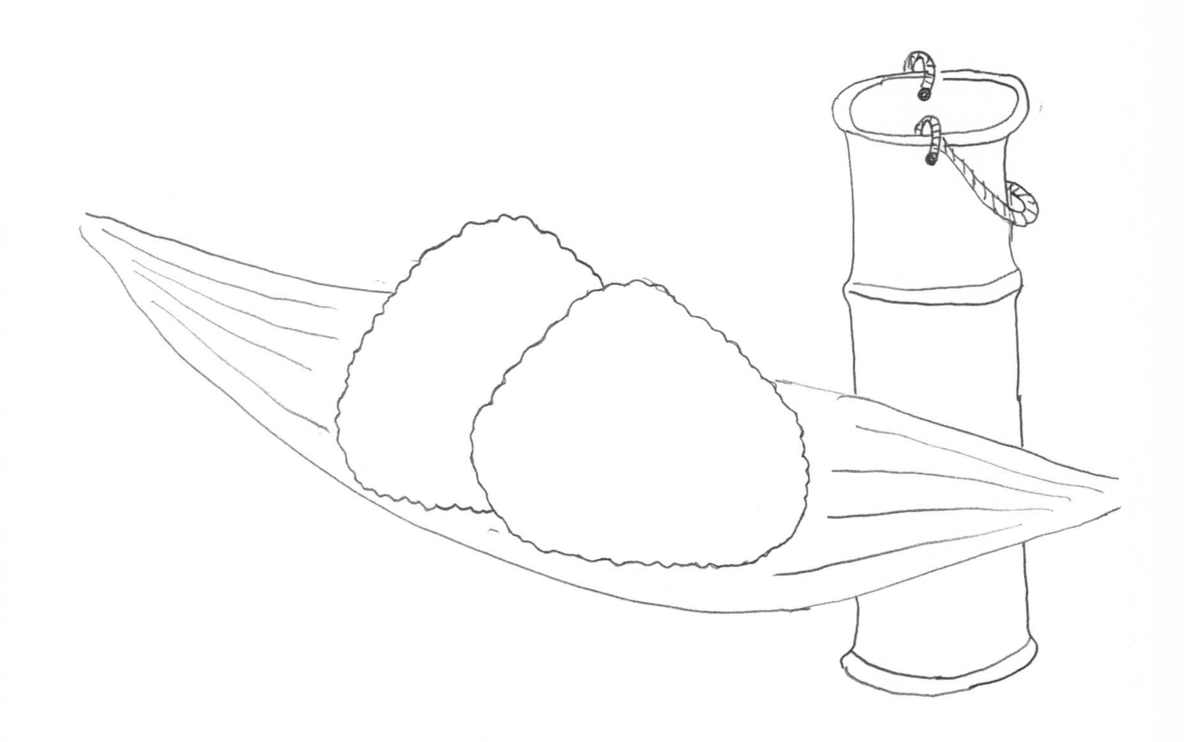

「ほらこれを食え」とオトが作ってくれたおにぎりを差し出しました。

小僧はびっくりしたようにいっとき動きを止め、おにぎりを見て生唾（なまつば）を飲み込みました。春造の目を見ながら、恐る恐るそ〜っと手を伸ばしておにぎりをつかみ、おにぎりを一口ほおばりました。

一口食べて安心したのか、そのあとはもう無我夢中（むがむちゅう）でおにぎりを食べました。

春造は「そんなに焦って食べんでもよい、ゆっくりお食べ」と竹筒のお茶を差し出し落ち着かせます。

二個あったおにぎりはあっという間になくなりました。

「美味しかった～」と言った瞬間、小僧は我に返り、「すっ、すみません、本当にありがとうございました」と頭を下げます。

春造は、「妹が作ったおにぎりはうまかったじゃろ～」と笑います。

「ところでどうしてなんにも食わずこんな所で座っとるんじゃ」と聞くと、小僧は、

「両親を亡くし親戚に引き取られたのですが、一日中働かされ文句を言うとたたかれるので、悔しくて飛び出してきたのです」とのことでした。

春造は「ああ、僕たちもたぶんこの子と同じようになっていたはずだ」と思いました。

「この道をまっすぐ行くと山側に大きな栗（くり）の木がある家が見えてくる。そこで妹のオトが小豆干（あずきぼ）しをしているはずだから、春造に言われたと伝え、家で休んでいなさい。わたしは昼過ぎには帰るから」と言うと、

「とんでもありません。そんな迷惑をかけられません」と言いましたが、春造は、

「まーまー、とりあえずそこで待ってなさい。遠慮はせんでええから」と言うと、手を振りながらまた寺子屋に行くために歩き出しました。

小僧は行くあてもなかったので、心から感謝しておじぎをしました。

寺子屋での習い事が終わり、春造が家に着くと縁側の方から笑い声が聞こえてきました。「ただいま～」と大声で言うと、

「兄ちゃん兄ちゃん小平太ってすごいんよ」とオトが飛び出てきました。

「小平太？」

　すると横から朝の小僧が出てきて、「申し遅れました、僕の名は小平太と言います」と土間まで下りて正座をして言います。
「いやいや、かたっくるしいのは苦手じゃ。小平太か、わたしは春造じゃ、よろしくの。あっ、朝に名は言うとったの」と笑いました。

「ところで何がすごいんじゃ？」
　すかさずオトが、「小平太はね、なんでも器用に作るしなんでもできるんよ～」と自慢げに言います。
　話によると、豆をたたいて実を収穫する木槌（きづち）を使いやすいように直してくれたり、入れ物を器用に竹で作ってくれたり、そのうえテキパキと手伝ってくれたので、普通なら一日かかるものが半日かからず終わったとのことでした。

「ほーそりゃすごい。わたしは不器用だからなぁ助かった」
「いやいやせめてものお礼です」小平太は謙虚に頭を下げます。
「小平太や、もしよかったらこのままうちで畑を手伝ってくれまいか」と春造が言うと、
「と、とんでもありません。これ以上迷惑はかけられません」と小平太が言います。
　春造は「いやいや迷惑などない。うちは畑も大きく二人ではかなわんし、わたしは不器用でなんにもよう作らんのじゃ」
　小平太は少し涙ぐんで、
「ありがとうございます、僕はどこにも行くあてがありません、少しで

もお役に立てるのであれば一生懸命がんばりますので置いてやってください」
「よし決まりじゃ、そうとなると今日はごちそうを作らんとなっ」とオトの方を見ます。
「わかった〜ウチが美味しいもん作るから楽しみにしとって〜」と笑います。
　それを見て春造と小平太も笑います。
「ところでいやに礼儀正しいんじゃの」と春造が小平太に聞くと、両親は貧乏ながら武家出身だったらしく、しつけは厳しかったそうです。
「なるほど、オトもわたしも町の生活をあまり知らんから少し行儀の悪いところがある。色々な作法とかオトにも教えてもらおう」と春造は思いました。

　その晩、小平太の身の上を聞くと、母は早くに亡くなり顔も覚えてないらしい。父とは町で竹かご作りをしながら質素に暮らしていたそうだ。そんな父も病気で亡くし親戚に引き取られることになったのでした。
　それを聞き春造は「両親を亡くし今日まで自分たちは不幸だと思っていたがそうではない。もっともっとたいへんな思いをしながらでもがんばっている人たちが世の中にはたくさんいるのだ」と知り、自分を恥じました。「これしきなんてことない」そう思い、オトと共に小平太を守っていくことを心に決めたのでした。

知恵と努力

こうして家族が一人増えたのですが、本当のところ、春造の家も貧乏な生活をしていますので、小平太を養う余裕などはありません。

春造は考え、オトに相談します。

「今までは作った作物を仲買人に売っていたが、これからは直接町に売りに出ようと思う、そうすれば少しでも高く売れる。わたしはあまり畑に出れなくなるが、オトと小平太とでなんとかやってくれ」

春造は町で野菜がいくらくらいで売られているか寺子屋の友達から聞いていたのでこう考えたのです。

オトも家の事情はよくわかっているので、

「わかった。小平太がおれば大丈夫、兄ちゃんよりたよりになるからね」と言うと、二人顔を見合わせ、

「そのとおりじゃ、なんの心配もいらんわぁ」と二人で大笑いしました。

春造は次の日から芋や豆、そして新鮮な野菜を竹かごに入れ、天秤棒（てんびんぼう）に吊（つ）って町まで売りに行きました。

町までの道中の辛（つら）さもありましたが、それよりも最初のうちはほとんど野菜が売れず辛い日が続きます。

「どうすれば野菜が売れるんじゃろぉ？」と考えながらその道中を毎日毎日歩きました。

そして、仲買人に売るときのように前の日に野菜を収穫するのではなく、早朝その日に畑に寄って採り、途中の川できれいに洗ってからみずみずしい野菜を売るようにしました。

そうしているうちに、寺子屋の友達の家からの口伝いにだんだんと「新鮮で美味しい野菜」と評判になり、やがて毎日天秤棒で持って来るだけでは足りないくらいになりました。

春造は空になった籠(かご)を見つめながら「買ってくれる人を想い、努力すれば報われるんだ」と知りました。

そんなとき、村のじーさまが「春造、天秤棒で町まで行くのはしんどいじゃろ。小さな荷車が納屋に置いてある。壊れてはいるが直せばまだ使えるから持って行け」と荷車をくれました。

おんぼろでしたが、ありがたい気持ちでいっぱいになりました。

「じーさま、本当にありがとう。今度町で美味しいもん買って持ってきてあげるけー」

「おー楽しみにしとるでぇ」と、背を向けて縄を編んでいる手を上げて、じーさまは答えます。

春造はすぐにその荷車を家まで持ち帰り、小平太に聞きます。

「どうじゃろ直せるか？」

小平太は、

「うわーおんぼろじゃねぇ。でも大丈夫、この小平太様が直してみせます」と自信満々に言います。

「ははー、小平太様よろしくお願い申し上げます」と春造が頭を下げると、

「いやいや、様は冗談です。頭を上げてください～」と焦りますと、焦った小平太を見て春造が笑い、それを見て小平太も笑い、二人とも笑いだしました。

その笑い声を聞いてオトが出てきて、「なになに、何があったん」と聞きますが、春造たちは「なんにもなんにもたいしたことはないんだけどおかしいんじゃ」と言おうとしますが、おかしくてうまく言えません。

その姿がおかしくてオトも笑いだし、三人とも大笑いしました。

笑い声は隣のおじさんの家まで届き、三人のことをずっと心配していたおじさんも、その明るい笑い声に少し安心して、自分までうれしくなりました。

「母さんや今日は二人で月でも見ながら酒でも飲まんか」と月見をすることにしました。

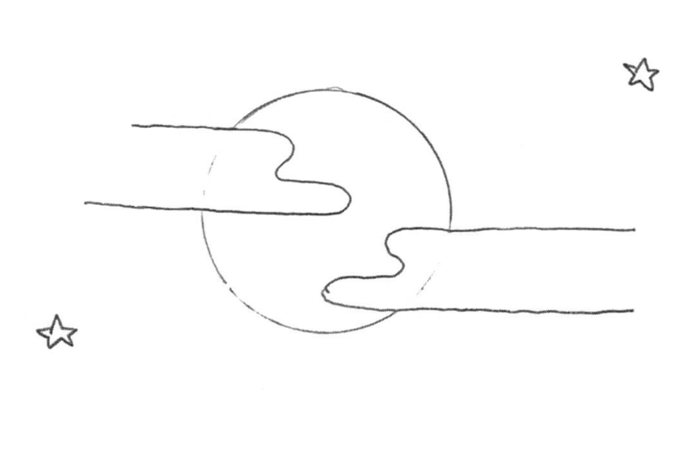

荷車を修理し野菜を積み、さっそく引いてみました。
「おお～これは楽だ。さすが小平太、ありがとう」
春造が言うと、小平太は得意げです。

「今日はお礼に虎屋のまんじゅうでも買って帰ってやろう」と言うと、小平太は驚きましたが、春造は、
「いやいや荷車をくれたじーさまにお礼でなっ」と言うと、小平太は、
「そうですよねー」と少しがっかり。
それを見た春造は笑いながら「うちの分もついでに買うかぁ」と言うと、「やったー」と小平太は大喜びです。

小さな挑戦

荷車に積んだ野菜もほとんど売れ残ることなく売れたので、春造の家は少し楽になってきました。

しかしそんな折、突然小平太が高熱を出し寝込みました。熱は次の日も下がらず小平太は辛（つら）そうです。

春造は「町医者の所まで連れて行くぞ」とオトに言い、荷車にゴザと布団を敷き、そこへ小平太を乗せ、春造が引いてオトが押します。

いつも野菜を売りに行く町医者の所まで休まず荷車を引きました。

町医者に診てもらうと、

「この病によく効く薬がある。あるにはあるが、お前たちでは高い薬代は払えぬじゃろ」と言われました。

しかし春造は「少しなら蓄えもあります。足りない分も少しずつでも払いますので、どうか薬をください、お願いします」と懇願しました。

そのやりとりを聞いていた小平太は、おぼろげな意識の中でもありがたくてたまらない気持ちになりました。

その薬が効いたのでしょう。次の日には熱も下がり少しずつ食欲も出てきました。

「もう大丈夫だな」と春造が小平太に言うと、小平太は、

「この度（たび）は本当にすみませんでした。せっかく貯まってきた蓄えを使ってまで、申し訳ありません」

「いやいや、小平太も大事な家族だ。家族のために使うのが蓄えというものだ、なんにも気にすることはない。それに小平太がおらんと我が家はにっちもさっちもならんからなぁ」とニッコリと笑いました。

そのあと三人で粥（かゆ）を食べているときに春造が、
「薬というものは本当にすごいもんじゃなぁ。そういえば寺子屋に置いてある本の中に薬草が載っているものがあった。今度この辺りで採ることのできる薬草を調べてみよう」と言いました。

草花は小さい頃から大好きで、春造はどこにどんな草花が生えているかだいたい知っており得意でしたので、それから少しでも時間があれば山や川辺に行き薬草採りをしました。

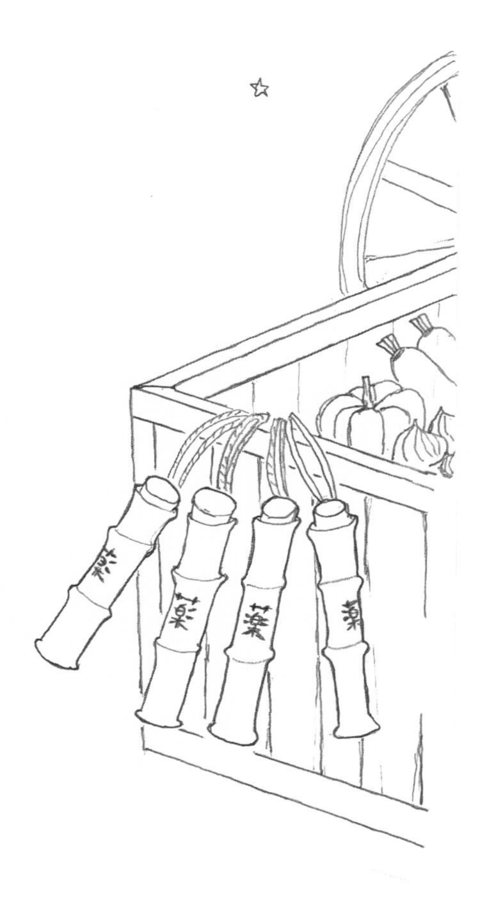

煎じ方をじーさまや町医者に聞いたり寺子屋の本で学び、腹が痛いときの薬、腹がくだったときの薬、熱が出たときの薬、咳（せき）を止める薬と種類ごとに分け、小平太が作ってくれた色々な色の小さな竹筒に入れ、野菜を売りに行く荷車の横にかけて町に通うようにしました。

薬は少しずつ売れ、安かったこともありますが、そのうちよく効くとうわさになり、薬作りが間に合わないほど評判になっていきました。

そのおかげで蓄えも増え、春造は余裕があれば薬のことが書いてある本を買い調合の仕方や割合を工夫していったので、ますます良い薬ができました。薬草も栽培できるものは畑で作り、少しでも多くの人に良い薬が安く行き渡るようにとの思いで努力しました。

そうこうしているうちに春造たちは町に小さな薬屋を開けるほどにまでなり、畑は人に頼み、ときどきそこから畑まで通うようになりました。

父と母が亡くなってかれこれ十数年が経ち、春造は26歳、オトは22歳、立派な大人になっていました。

12年ぶりの再会

父、母の12回目の命日の日、春造とオトは共に墓参りの支度（したく）をして、「今日はすまんが一人で店を頼むぞ」と小平太に声をかけ、二人で出かけました。

　その道中、木々の木洩れ日の中を歩きながら、今まであった色々なことを思い出し、二人で話しました。

「大雨と大風で作物が不作だった年はひもじかったのぉ」とか、

「兄ちゃんが薬草採りで崖から落ちて大怪我をしたときは小平太とウチとで町まで野菜売りに行ったり、たいへんだったんよ～」とか、

「しかし、いろんな辛いことがたくさんあったが、今思えばたいしたことではないような気がするのはどうしてじゃろうなぁ」と春造が言うと、オトは、

「それ以上にお父さんお母さんがいなくなったことが辛くて悲しかったからね。それとみんなに支えられてがんばってきたことが今報われているからそう思うんよ」

　春造はそう言われ、

「オトよ、お前はすごいのぉ。わたしはオトの明るさと元気がなければ、たぶん今のようにうまくはいってなかったと思う。オト、お前のおかげじゃ」

「ウチだけじゃないじゃろ。小平太も隣のおじちゃんおばちゃんもじーさまも、寺子屋のみんなも、ぜんぶぜんぶがみんなのおかげじゃろ」

「そーじゃなぁ、よくよく考えればそのとおりじゃ。すごいのぉオトは」と春造が言うと、オトは得意げに、「オトももう大人じゃけーね」と笑います。

　春造は、「オトは本当にすごいなぁ」と改めて思いました。

　墓参りをすませたあと畑に行き、畑のまん中のあの日カミナリが落ちた場所にも花を供えました。

手を合わせて父さん母さんのことを思い出していると、今までよく晴れていた空が急に暗くなりました。

あの日と同じように空がゴロロゴロロと鳴っています。

二人で不安げに空を見上げていると、突然「ドドドーンバリバリバリ」とまぶしい光とともに大きな雷鳴が響き、カミナリが二人の前に落ちました。二人はびっくりして互いにしがみつきましたが、お互いの胸の鼓動が聞こえるくらいにドキドキしていましたので、無事であることはわかりました。

そっと目を開けると、辺りは真っ白な霧に囲まれています。

二人で不思議そうに見回していると、その霧の中から白髪で白髭（しろひげ）の老人が現れました。後光のさすその神々しい姿に、それが神様であることはすぐにわかりました。

二人は言葉を失い膝をつきました。

神様は二人の前に立ち、ゆっくりと話しはじめました。

「しょぼくれしょぼ造よ。お前は昔、みんなからそう呼ばれておった。しかし、数々の試練を乗り越え見事、立派な大人に成長した、その全てを空から見ておったぞ。
　実はの、お前の先祖がお前を悲観して試練を与えることにしたのだ。しかし、神のわしとて人の人生を勝手にもてあそぶことには気が引ける。そこでお前に元のしょぼくれしょぼ造に戻る機会を与えてやることにした。お前が望むのなら父母を亡くしたあの日に帰してやろう」と神様は言いました。
　すると春造は、
「神様、それでは父さん母さんを助けることができるのですね」と神様に問いました。
　神様は、
「そうじゃなぁ、助けることができるにはできるが、その代わりに一度寝たら今の記憶は全てなくなる。つまりそれは今の成功も今までの努力も全てなくなるということじゃ」

「それでも帰してください、お父さんお母さんに会いたい」と春造が言おうとした言葉を先にオトが言いました。春造も続いて、
「お願いします、僕も父さん母さんに会いたい」と言いました。神様は、
「やれやれ、本当にそれでよいのか？　今までの苦労がもったいないのぉ」と少し残念そうに二人を見ます。
　しかし、心から懇願する二人を見て、

「あいわかった、望みどおりあの日に帰してやる」と言うと、手に持っている杖をひと振りしました。

　すると、さっきにも増して大きな雷鳴が「ドドドドーンバリバリバリ」ととどろき、春造とオトはまばゆい光と霧に包まれ、辺りはさらに真っ白になりました。

眩しさがやわらぎ、ゆっくりと目を開けると、霧は晴れ、畑の脇に12年前の姿で立っています。

父さんと母さんは畑のまん中で鍬（くわ）を振るっています。
空はどんよりとし、遠くでゴロゴロとカミナリが鳴っています。
春造は「はっ」と我に返り、大声で叫びながら畑の中に走って行きます。
「父さ～ん、母さ～ん、カミナリが落ちる、危ないけー逃げて～」
春造が突然叫ぶので、父さん母さんはキョトンとしています。
二人は「どうした？　どうした？」「どうしたん春造？」と不思議そうです。
春造は二人の手を握ります。二人とも春造に手を引かれ、引かれるままに畑の隅まで来て腰を下ろしました。

すると、その瞬間「ドドドーンバリバリバリ」と空を切り裂き、イナズマ

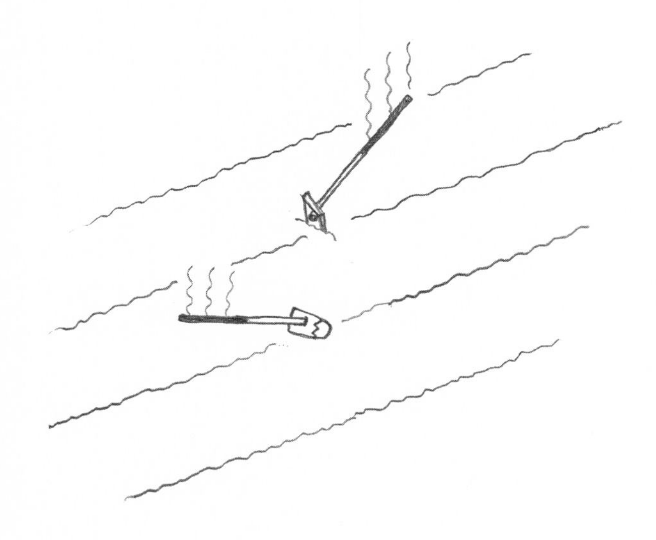

が畑のまん中に置いてきた鍬(くわ)に落ちました。三人はびっくりして腰を抜かしました。

　三人は口をあんぐり、なかなか言葉が出てきません。

　ボロボロに焼け焦げた鍬(くわ)を見ながら、父さんが、

「いや一命拾いしたのぉ、ありゃ春造が来てくれんかったら死んどったわ」と震える声で言いました。

　足の震えも止まりません。

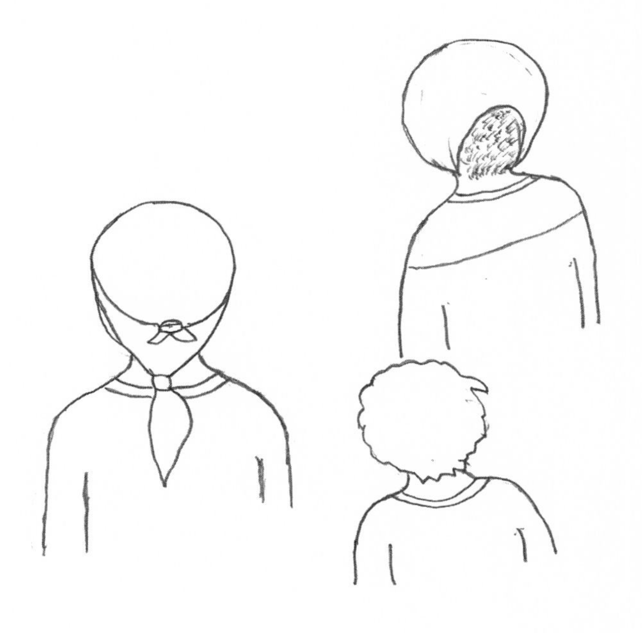

そのとき、家のある方から「お父さ〜ん、お母さ〜ん」と叫ぶ声が聞こえ、オトが走ってやってきました。

オトは母さんに抱きつくと「うわ〜んうわ〜ん」と大泣きしています。

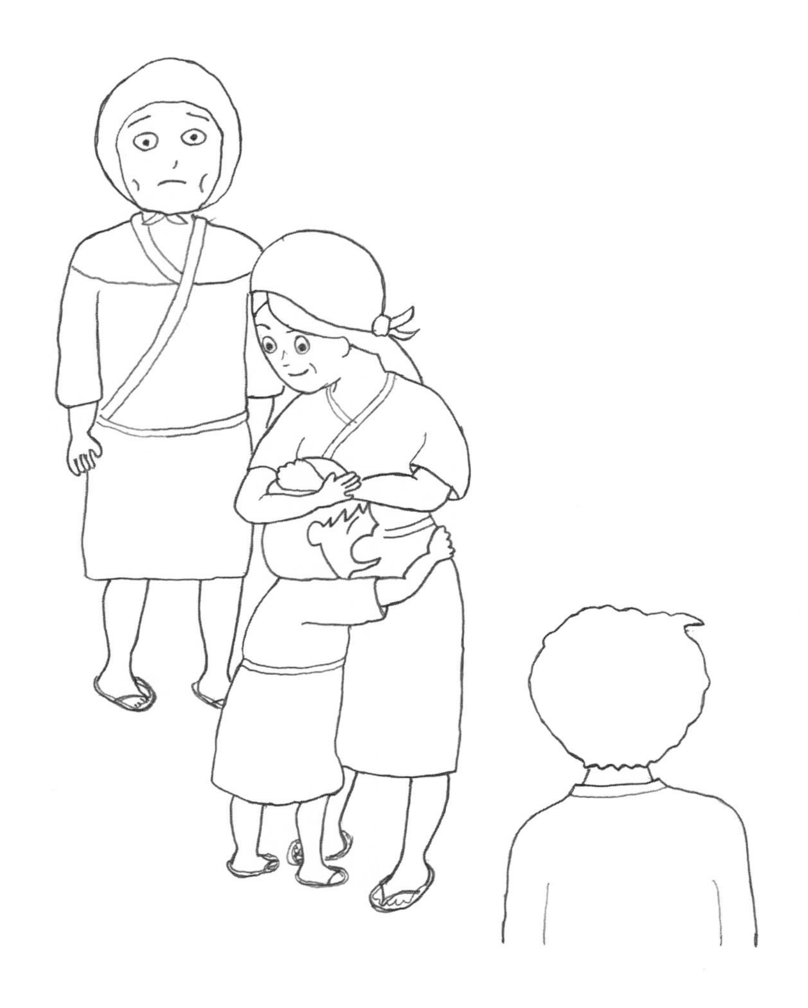

父さんと母さんはカミナリが怖かったのだと思い、「怖かったね〜でももう大丈夫だからね〜」と、オトをなぐさめます。

いつも明るいオトがこんなに泣いているのを見たのは初めてでした。

そのとき、春造は「今までオトは強い子なんだ、と思っていたが、本当はずっとずっと我慢していたのだ」と気づきました。たよりない兄を支えるために一人で我慢していたのだと。そう思うと涙が溢れてきて、春造まで大声で泣き出してしまいました。
「うわ〜んうわ〜ん」
　泣いたのは 12 年ぶりです。
　父さん母さんは二人をなぐさめるのがたいへんです。
「二人ともカミナリが怖かったんじゃなぁ」と苦笑い。

　雨が降ってきたので四人は家まで帰り、母さんとオトは一緒に夕ごはんを作っています。
　母さんは「急にごはん作るの手伝うって、どういう風のふきまわしかねぇ」とうれしがっています。
「オトは料理上手になりたいけぇ覚えたいんよ」と母さんにひっついたまま恥ずかしそうに答えました。

夕飯を食べながら父さんは「あんなに腰が抜けたのは初めてじゃ」とか、母さんも「二人とも赤子のように泣いて、あやすのがたいへんじゃったわ」とか、今日のカミナリの話で大盛り上がりで、それはそれは楽しいひとときを過ごしました。

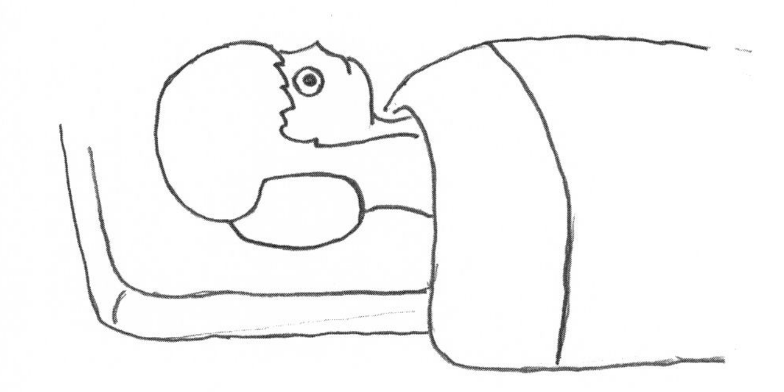

その晩、四人が寝床につくと、父さんと母さんからはすぐに寝息が聞こえだしました。

しかし、春造とオトは目を開けたまま暗い天井を見つめています。

春造はオトに、「寝れんのか？」と声をかけます。

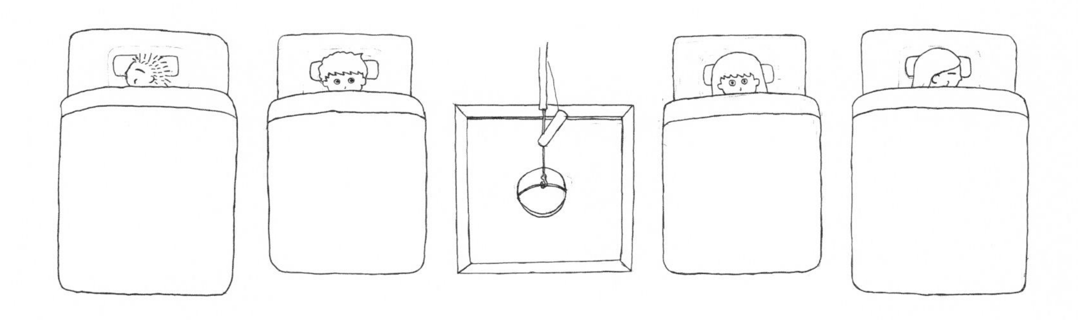

オトは「うん」と一言。少したって、

「ずっとずっと寝ずにいようかな。今まで出会ったみんなのことわすれとうないな、小平太のことが心配じゃわ」

春造も「うん」と一言だけ言って天井を見つめながら、今までのことを思い出します。
「いろんなことがあったのぉ」としみじみ言いました。
オトも「いろんなことがあったねぇ」とまたしみじみ言います。
「兄ちゃんは本当にこれでえかったん？　今まですっごくがんばったろ、これから幸せに暮らしていけそうだったのに」
春造は「そーじゃのぉ、明日からまたしょぼくれしょぼ造と呼ばれるのぉ」と笑いました。

春造は少し間を置いて、
「オトや、兄ちゃんは今日が今までで一番幸せだと感じている。今日のために全てをがんばってきたんだと思う。それに小平太や寺子屋のみんなにもまた会える気がするんじゃ」
そう言うと、二人向き合って微笑(ほほえ)みました。
「そうじゃね、オトもそう思う」
二人は天井を見つめながら、また今までのことを思い出します。

一刻(いっこく)ほど過ぎ、「もう、寝んさい」と春造が言うと、オトは小さくうなずいて、また天井を見つめ、ゆっくり目をつぶりました。
それを見て春造も目をつぶりました……。

始まりの朝再び

次の朝、昨日の雨が嘘(うそ)のように透きとおる青空。
「おぉ〜今日も畑日和じゃのぉ〜」と、父さんは外へ出て大きく背伸びをしました。まぶしい陽の光に目を細めています。

すると、
「ん？　春造、そこで何しとるんじゃ」と父さんは庭の隅っこにしゃがみ込んでいる春造を見つけ声をかけました。

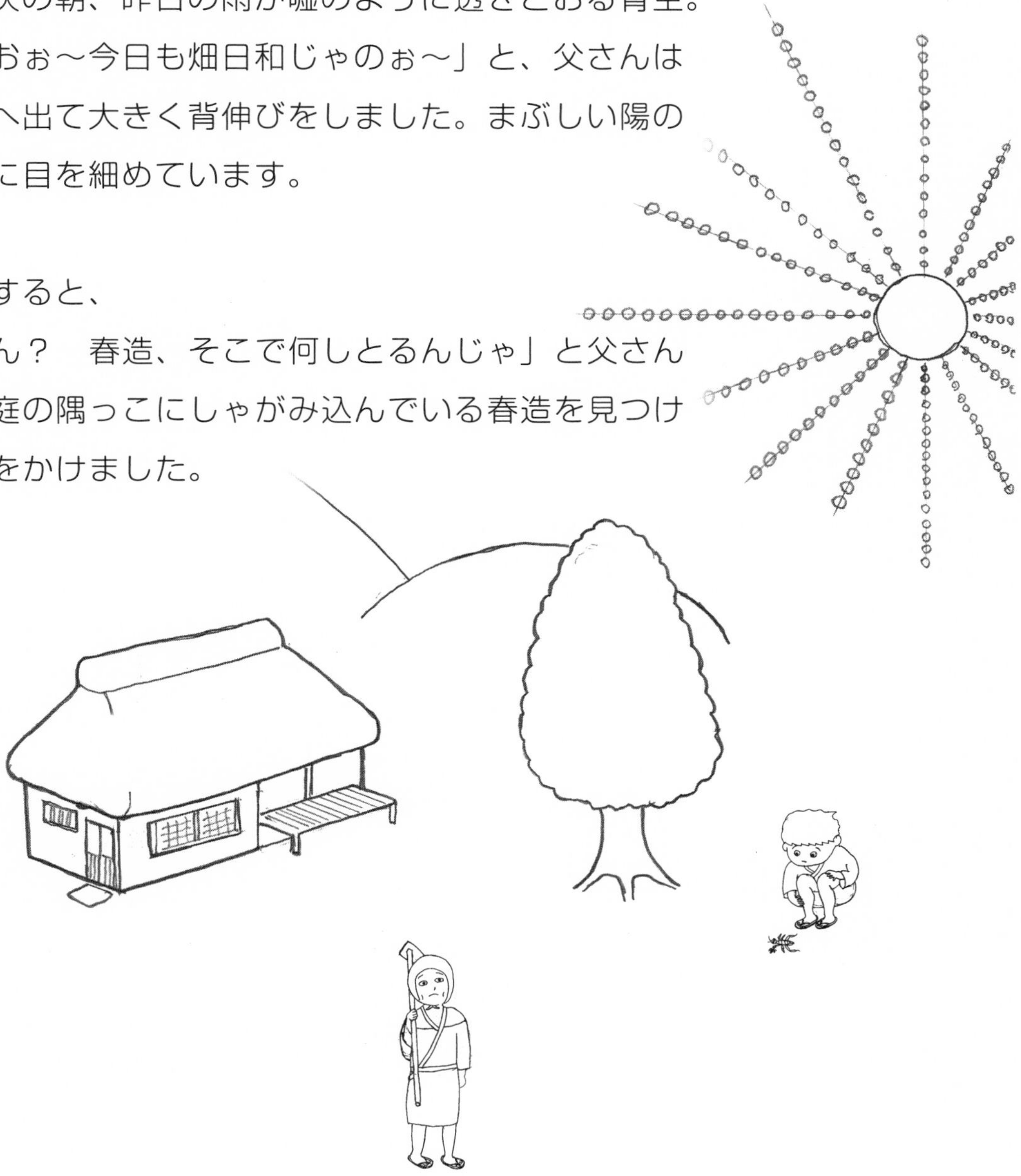

「小さいアリが自分より何倍も大きなバッタをみんなのために運びょーる」と春造は地面を見つめながら答えます。

「最初は一匹で引っ張ってたけど二匹、三匹と仲間が増えたんよ」

春造はそれを見て「がんばっていれば周りのみんなが力になってくれるんだなぁ」と思いました。

父さんは「ほぉー」と言いながら春造が見ている所を覗(のぞ)き込みました。その横顔を見ながら、「昨日の春造はなんだかりりしく見えた気がしたが、やはり気のせいだったかのぉ」と少し残念に感じました。

「それじゃ畑に行ってくるぞ。春造も後でいいから草取りでもしてくれ」

春造はアリを見ながら「うん」と返事しましたが、「はっ」と我に返った

ように、
「いやいや今日からは一緒に耕すから種まきも教えてよ。アリだってがんばってるんだから、僕もがんばる」と、背を向けて歩き出した父さんに走り寄って言いました。
　父さんは「ほーこりゃどういう風のふきまわしじゃ」と驚きましたが、少しうれしい気持ちになりました。

その様子を空から見ていたご先祖様は、

「神様、春造はまた“しょぼくれしょぼ造”に戻ってしまいました。記憶が消えてしまっては元の木阿弥（もくあみ）ではありませんか？」と神様に言い寄りました。

神様は、「まあまあ、そう案ずるな。確かに記憶はなくすと言ったが、なくしたのはまさに記憶だけじゃ」

「はぁっ？」とご先祖様が言うと、神様は言います。

「心に刻まれたものはちゃんと残っておる。それに神とて、いちいち一人のことだけにかまっておれん。わしがなにをしようが、人の人生が大きく変わることはないのだ。人間とはな、お前が思うより単純なものじゃ。やり遂げようと強く思っていればいずれやり遂げられる。なんにも思いがなければそのまま終わるだけじゃ。あやつはお前が思っているほど弱い男ではないぞ、ゆっくりと見守ってやれ」と、ご先祖様を戒めました。

ご先祖様はわかったようなわからないような気持ちで春造たちを見守ります。

そのうち、春造は評判になった寺子屋に行きたいと父さん母さんにお願いして、春造とオトは寺子屋に通うようになります。特に春造は勉学を学ぶことが大好きで、みるみる賢くなっていきました。

その後、父さんが腰を痛めあまり畑仕事ができなくなったので、春造が代わりにがんばります。しかし、寺子屋での勉強ももっとやりたかったので、悩んでいました。

そんな折、寺子屋に通う道中で腹を空かした小平太に出会い、寺子屋に通うために畑を手伝ってもらえないかと頼み、行くあてのなかった小平太は一緒に暮らすことになりました。

家族が増えた分を稼ぐため野菜を町に売りに行くようになり、そのかたわら、病気がちになった母さんのために薬草を調べ、調合を工夫し、野菜と一緒に薬も売るようになりました。そのうち“よく効く”と評判になります。

それを見守っていたご先祖様は、思わず「なるほどぉ」とつぶやきました。

「心の強ささえ持っていれば得たものが全て消え失せてもなんら心配はないのだ」と気づかされました。

そして神様に改めて感謝しました。

春造は自分の大切な家族を守るために一生懸命がんばりながら成長し、見事“勇気と自信”を身につけました。

その春造を見て、ご先祖様は本当に誇らしく思いました。

その“勇気と自信”は優しさとなり、みんなを思う気持ちはみんなを幸せにし、みんなから慕われ、みんなに支えられ、春造たちはそれはそれは幸せな人生を過ごしました。

できたばかりの薬屋の軒先を眺めながら、春造は「なんじゃろぉなぁ？　ずっとずっと前にこの景色を見たことがあるような気がするんじゃが……」と不思議に思い、独り言をつぶやきました。

ふと春造はそばで掃除しているオトに、
「オトや、わたしはな、ずっと前から、なぜだか今のようにオトや小平太と一緒にいつか薬屋をする気がしていたのだ。だから辛（つら）く苦しいこともたくさんあったが、そう信じて乗り越えてこれた」

そう言うとオトも、
「兄ちゃん、実はウチもそう思ってたんよ。なんでかわからんけど不思議じゃね、ご先祖様のおかげかね」と笑いました。

それを聞いた雲の上のご先祖様は「さすがオトじゃ、鋭いのぉ」と少し照れましたとさ。

願い

　人は苦労や苦難を乗り越えながら成長していくものです。
　人生には多かれ少なかれ大小さまざまな苦難が待ち受けています。
　そしてその壁を乗り越え進む者、乗り越えられず立ち止まる者、それもさまざまです。
　しかし壁を乗り越えるかどうかのその差はほんとに僅かなものです。

前に進むため知恵を絞り
前に進むため努力する

　前に進むその気持ちさえ心に持っていれば、けっして乗り越えられないものはないのです。

　心を強く持っている者はやがて思う道を進むこととなるでしょう。
　守られすぎる現代人に急増する「しょぼくれしょぼ造」たち。彼等が壁にぶつかったとき、その壁を乗り越え、乗り越えたときに手に入れることのできる“希望ある未来”がそこに在ることを知っていてもらいたいと心から願います。

“しょぼくれしょぼ造”たちよ！

　前へ！

あとがき

「しょぼくれしょぼ造」とは小学生の頃の息子につけたあだ名だ。

部屋でゲームばかりやっている姿を見る度(たび)に「お前はしょぼくれしょぼ造か⁉」と言っていた。

「外で遊べ」と常々言い聞かせていたが、丁度小型のゲーム機がブームとなった頃で、友達と集まっても部屋でそれぞれゲームをしているといった我々の世代にはとても理解できない遊び方を目の当たりにしていた。

外でできるだけ遊ぶように言ってはいたが無理強いはしなかった。家にいると安心できたからだ。

外に遊びに出ると不安が常につきまとう。家にいると我々も都合が良かった。

本当はそれではいけないとわかっている。

我々も過保護であるのは承知だ。それが現在の若者たちが置かれる世の中にある一般的な環境だと思う。

親に守られ学校に守られ、リスクを乗り越える機会を無くす。それが当たり前になっている。

本人たちにとって、その当たり前が“将来何をもたらすのか”を考えたとき、不安しか感じない。

成長させるためにはどうすれば良いのかを考え続けたが、結局は本人の意思で行動しなければ何も変わらない。

好きなことに本気になって取り組むのも成長や成功には欠かせない。やりたいことがあればそれを妨げないようにもしていた。一生懸命に取り組めばそれが成長につながることを知っているからだ。

しかし、なかなか一生懸命さを感じることも少ない。
現代の若者は何か人生を変えるほどの大きな出来事が起こらない限り、本気を出して人生を生きようとしてないように見える。
何をしてやれば成長してくれるのか？
どうやれば強く生きてくれるのか？
それを問い続けた子育て期間を歩んできた。

人生に一番影響を与えるのはやはり人との出会いだろう。大人へと成長する過程で大切と想える人と出会い、その人のためにがんばる。そんな立場になって初めて人は強くなれるからだ。
なにより子供たちとの出会いが大きな力となることをまざまざと感じている。
心の中に「大切な人のために」そんな気持ちを持たぬ限りは、人は変わらないのだと今では結論づけている。
やはり人間は守るべきものがあれば強くなれるものだ。
そんな気持ちからこの作品を創った。
守るべきものに出会い力強く生きてほしいと願う。

アソウ カズマサ

広島県尾道市出身。

36歳まで福山市の会社に勤めた後に、学生の頃から憧れていた飲食店開業を目指し三原市で有名なお好み焼店に修業に入った。その一年後念願のお好み焼店を尾道に開店。地域の繁盛店となり、オープンから23年が経過し現在に至る。59歳。

文学とは無縁で本を全く読まない、読むとしても趣味本か実用書くらい。文章を書くのも会社の会議資料くらいだった。

きっかけは子育てだ。子育て期間中に感じた気持ちをメモに書きとめていた。子育てが一段落つきそれを読み返したとき、初めて自分の感性を文章で誰かに伝え、共感してもらいたいと考えるようになった。

今後、65歳までには飲食業を引退し、日本全国をのんびり旅したいと考えている。その道中で「人と共感できる文章を自由に創れたらいいなぁ」と、第二の人生を想像し夢を描いている。

「まだまだ若いもんには負けん！」と心の中で呟くアラ還男である。

しょぼくれしょぼ造(ぞう)

2024年4月30日　第1刷発行

著　者　　アソウカズマサ
発行人　　久保田貴幸

発行元　　株式会社 幻冬舎メディアコンサルティング
〒151-0051　東京都渋谷区千駄ヶ谷4-9-7
電話　03-5411-6440（編集）

発売元　　株式会社 幻冬舎
〒151-0051　東京都渋谷区千駄ヶ谷4-9-7
電話　03-5411-6222（営業）

印刷・製本　瞬報社写真印刷株式会社
装　丁　　弓田和則

検印廃止

Printed in Japan
ISBN 978-4-344-94593-7 C0093
幻冬舎メディアコンサルティングＨＰ
https://www.gentosha-mc.com/